AF356646

EXTRAIT DE LA REVUE INDÉPENDANTE,

Livraisons des 25 octobre et 25 novembre 1845.

FANCHETTE.

LETTRE DE BLAISE BONNIN

À

CLAUDE GERMAIN.

La présente, mon cher parrain, est pour vous remercier de la vôtre, et vous donner des nouvelles de notre santé. Tant qu'à nous, nous sommes assez bien, Dieu merci ; et les fièvres ont épargné toute notre couvée, cette année, malgré la mauvaise qualité du temps d'été, qui faisait trembler le pauvre monde et grouiller d'aise la poche des médecins. Les petits enfants de chez nous ne vont pas pire que les grands ; et la grand'mère, votre commère, comme vous l'appelez, sauf qu'elle entend un peu plus gros (1) que l'an passé, a encore bonne envie de vivre, grâce au bon Dieu. La moisson n'a pas été si pire qu'on pouvait le craindre ; mais, tant qu'à la vendange, il ne faut pas parler de huit bœufs, ni de six, ni de quatre, ni tant seulement de deux, pour la rentrer ; l'âne à Jarvois amènera le tout dans un panier. Sur l'article de la boisson, faudra se serrer le gosier, ce qui vaut mieux que de se serrer l'estomac sur l'article du pain. Mais le meilleur des

(1) Sauf qu'elle est un peu plus sourde.

1843

deux ne vaut rien; et d'une chose ou d'une autre, le pauvre monde peut bien compter qu'il n'a pas fini de pâtir. Le plus sage serait de se priver, avec cela qu'on a de quoi s'y accoutumer. Ça nous est facile à dire quand nous ne sommes pas des plus gênés. Aucuns prêchent la tempérance; et monsieur le curé, dont la cave n'est pas tarie, saura bien nous dire des paroles là-dessus, mais le plus grand nombre répond que quand le vin manque, le courage est bien malade et le nerf bien relâché. Et puis, ce n'est pas là encore le pire de l'affaire. Ceux qui ont du courage s'en servent, et s'ils crèvent à la peine, ça les regarde, comme dit l'autre. Ceux qui ne veulent pas abuser de leurs membres, et qui aiment à se réjouir un peu le cœur le dimanche (m'est avis qu'il y en a beaucoup de cette opinion-là, et qu'ils n'ont pas mérité la corde pour choyer un tant soit peu le vin gris de la côte), ceux-là, je dis, ne comprendront guère les raisons de monsieur le curé, et iront frapper, comme de coutume, à la branche de houx. Croyez-vous, mon parrain, que les cabarets seront vides cette année, que les brocs seront cassés, et que les araignées fileront leur toile dans les futailles? Oh! que nenni! Il y aura du vin comme à l'ordinaire, et peut-être pas beaucoup plus cher qu'à l'ordinaire; car il faut bien que tout le monde y vienne, et le cabaret ne peut pas plus se passer de la petite monnaie du gueux que le gueux ne peut se passer de la piquette du cabaret. Reste à savoir quelle piquette ce sera, et quel vin coulera dans nos tasses de grès. Issoudun n'a pas gelé, et Issoudun nous enverra ses gros vins noirs, qui rendent lourd et triste le paysan de chez nous, habitué à son clairet égrillard. Il est vrai que les cabaretiers y mettront bon ordre, et qu'avec une pièce de vin issoudunois ils en feront bien dix; le reste sortira de chez le droguiste; la couleur sera belle, et le montant n'y manquera pas. Personne n'y perdra, si ce n'est que la santé pourra bien en souffrir, et que les grosses maladies pleuvront dru comme mouches, au retour du printemps.

Vous me direz que l'hôpital fera ses affaires, c'est-à-dire le salut des saintes âmes qui amassent en bonnes œuvres des rentes pour le paradis. Vous qui avez pris à fermage, pendant quinze ans, un lot des terres de l'hospice, vous savez, mon parrain, qu'il y a là, pour le soulagement des nécessiteux, dix-huit cents ou deux mille bonnes pistoles de revenu au soleil. Mettons seulement quinze mille livres par chacun an : c'est bien de quoi assister les plus malheureux du canton. Mais demandez-moi quelles gens de la campagne ont jamais été franchement assistés à la ville, avec cette fortune-là, je serai très-empêché de vous le dire. L'hospice a toujours ses six lits, comme du temps où vous l'avez vu, ni plus, ni moins. Avec mille pistoles de revenu, est-ce qu'on ne pourrait pas entretenir au moins vingt lits? Ça commencerait à compter; il y resterait encore assez du susdit revenu pour monter une salle d'asile, alimenter les trois nonnes qui sont censées *sœurs de charité,* faire même quelques bâtisses, puisque l'administration tient à honneur de faire danser ses six couchettes dans un palais; enfin payer la messe à monsieur le curé, qui ne veut pas la dire aux malades à moins d'un écu. La cherté est partout, et messieurs nos desservants ne s'en tiennent pas à leur tarif.

Pour en revenir à notre hospice, nous avons eu grand'peine à y faire rester ce pauvre diable de Daudet, qui était revenu du service avec la poitrine défoncée par les pieds des chevaux dans une manœuvre. On n'en voulait pas, on le renvoyait d'Hérode à Pilate ; et il a fallu la croix et la bannière pour qu'on ne le mît pas sur le pavé. Mais ça n'est rien ou pas grand'chose. Un homme qui ne peut pas gagner sa vie, parce qu'il a les côtes brisées, ça ne vaut pas la peine d'en parler. Nous en avons vu de meilleures; et puisque vous me demandez ce que c'est qu'une histoire d'enfant perdu, que Lorrain vous a embrouillée; puisqu'aussi bien, mon parrain, vous êtes quasi de l'hospice, et que vous vous intéressez toujours aux manigances de là dedans, je vais vous en régaler tout au long.

En mars dernier, à l'époque des semences, une jeunesse d'une quinzaine d'années, assez jolie, et dans une livrée de misère, s'est trouvée comme tombée d'en haut, au droit du pré Burat, à deux pas de la ville. Il y avait trois jours qu'elle vaguait par là sans que personne pût dire à qui elle était, et sans qu'elle pût le dire elle-même, la pauvre âme. Il paraît que sa mère, qui n'a pas pu lui donner du pain, n'a pas eu non plus le moyen de lui donner une langue pour en demander. Ça raisonne à peu près comme ma serpe, ça n'a pas plus de connaissance qu'un cabri, et c'est muet comme une pierre; ça entend, mais ça ne peut pas dire un mot; ça paraît ne pas se rappeler de la veille, et ne pas s'inquiéter du lendemain. Enfin ça n'est bon à rien ; et pour celui qui ne pense qu'à la vie d'aujourd'hui, mieux vaudrait trouver une caille dans son pré qu'une innocente comme celle-là à sa porte. Cependant, ça n'est pas méchant, un enfant comme ça ; ça n'a pas fait de mal, ça n'en pourrait pas faire. Comment ça pourrait-il mériter la mort? Qu'est-ce qui voudrait se charger de débarrasser la terre de tout ce qui s'y trouve d'inutile? Ça n'est pas moi, j'aurais trop d'ouvrage.

Si ça n'a pas mérité la mort, ça a donc droit à la vie? Suivez mon idée, parrain. C'est-à-dire, ça a droit à du pain, à des habits, à un couvert, à des soins, à la charité, pour tout dire. Si l'Etat n'a pas le moyen de recueillir les idiots et les infirmes, il faut donc qu'ils nous retombent sur les bras, à nous autres pauvres gens. Car nous ne voulons pas les laisser mourir à notre porte ; et s'il y aurait grand'honte à cela, c'est que sans doute il y aurait grand mal. Mais nous avons bien de la peine à joindre les deux bouts quand nous sommes valides, et même le plus grand nombre d'entre nous ne les joignent pas du tout. Quand nous pouvons garder chez nous nos vieux, nos malades et nos infirmes, c'est que nous sommes déjà un peu riches. Et quand nous ne le pouvons pas! Voyons, qu'est-ce qu'il faut faire? qu'est-ce qu'il faut devenir? Il y a un gouvernement ou il n'y en a pas. Je veux qu'on me réponde, moi, Blaise Bonnin; j'ai le droit de demander le fin mot de la loi; car je suis adjoint de ma commune, et j'espère bien passer maire un jour ou l'autre. On me répond qu'il y a des fonds départementaux destinés à ne pas laisser mourir ceux qui ne peuvent pas se faire vivre. C'est bien court, à ce qu'il paraît, mais enfin il y en a. Qu'on s'en serve donc! Et si on ne s'en sert pas, si on les fait administrer par des gens qui ne savent pas ou qui ne veulent pas s'en servir, à qui nous plaindrons-nous? à qui demanderons-nous justice?

Ma femme, qui n'est point sotte, comme vous savez, et qui a un cœur superbe (1), me disait comme ça en voyant cette jeunesse dehors, sans feu ni lieu, que si le gouvernement ne s'en mêlait pas, elle voulait faire honte au gouvernement, elle, Jacquette, et prendre l'enfant à sa charge, dût-elle tremper la soupe plus maigre à ses propres enfants. « Attends donc un peu, femme, que je lui disais, si ça continue, il faudra le faire, mais ça ne peut pas continuer. — Et en attendant, disait Jacquette, Dieu sait ce qui peut arriver d'une pauvre jeunesse comme ça qui commence à avoir l'air de quelque chose, et qui fera le mal sans connaître sa main droite de sa main gauche. » Si bien que j'allais chercher la petite, quand un jeune médecin de l'hospice vint à passer, et la trouve au milieu d'une bande d'enfants du faubourg qui jouaient avec elle comme avec une guenille, et la tiraillaient vilainement pour la faire parler. A quoi la pauvrette ne savait que pleurer et marmotter des quarts de mots que personne ne pouvait comprendre plus que paroles de brebis. Ce digne jeune homme s'informe et l'emmène à l'hospice. Vous croyez qu'on l'accueille, qu'on la soulage et

____

(1) Excellent, généreux.

qu'on la console ? Point. Un enfant perdu, c'est pourtant quelque chose, et m'est avis que si je n'avais chose à faire en ce monde que de prier Dieu et de servir les pauvres, je recevrais en bonne part tout ce que Dieu m'enverrait. Pas moins, on refuse l'enfant. Il est trop bête, il est trop abandonné, il faudrait en avoir trop de soin, ça ne nous regarde pas : nous ne nous mêlons pas des idiots, nous ne recevons pas les vagabonds. Oui-da, prenez-vous l'hôpital pour une maison de fous, ou pour un dépôt de mendicité ? Vous nous la baillez belle ! Le médecin insiste. Il donne un certificat de maladie à l'enfant, et voilà Fanchette (on lui a donné ce nom-là), reçue à l'hôpital, un peu malgré tout le monde. Elle s'y plaisait fort, elle s'y occupait autant que son pauvre esprit le lui permettait. Elle était douce, et se trouvait heureuse de jouer avec les autres petites filles que les religieuses instruisent. Ces enfants-là l'aimaient et ne la tourmentaient pas. Quand on lui mettait un petit béguin plissé, elle se croyait aussi parée qu'une reine ; et quand on la menait à la messe, elle ouvrait de grands yeux, et trouvait cela si beau, qu'elle n'eût jamais voulu en voir la fin. Je ne sais pas s'il y a un règlement qui défendait à l'hospice de garder cette pauvre créature du bon Dieu ; mais quand même ça aurait été un abus de la garder, m'est avis qu'il y a tant d'autres abus plus mauvais dans ce monde, et peut-être même dans l'hôpital ! Ce qu'il y a de sûr, c'est qu'on ne voulait pas l'y garder. On en écrit à monsieur le préfet, et monsieur le préfet alloue, sur les fonds départementaux destinés aux aliénés, une petite somme pour l'entretien de Fanchette, sous la surveillance de l'hospice. On remet Fanchette à une de ces femmes qui prennent les enfants trouvés en pension. Mais Fanchette pouvait-elle comprendre que son devoir était de rester là ? Elle n'y comprit rien. Elle décampa au bout d'une heure et revint trouver les petites filles, les bonnes sœurs et la belle grand'messe. On la renvoie chez la vieille, et le soir, Fanchette de déguerpir et de rentrer à l'hospice. On essaye encore trois, quatre fois, peut-être plus : c'est peine perdue ; Fanchette court à l'hôpital comme les autres s'en sauvent. Force sera de la garder tout à fait.

« Or çà, dit la supérieure, que ferons-nous de cette Fanchette qui nous gêne et nous ennuie fort ?

— Oui-da ! dit quelqu'un ; c'est bien simple ; c'est un enfant qu'on est venu perdre exprès, on ne sait d'où, aux portes de l'hospice ; c'est un sot cadeau qu'on nous a fait là.

— C'est une méchante niche de quelque autre congrégation, dit la sœur.

— Eh bien, reprend l'orateur du conseil (la plus forte tête de l'endroit, bien sûr), il faut la remettre où vous l'avez prise, sur la voie publique. On l'avait perdue, perdez-la. Elle est venue du bon Dieu, qu'elle retourne au bon Dieu.

— Amen ! » firent les bonnes sœurs. Aussitôt fait que dit.

« Fanchette, veux-tu aller à la messe ? » Fanchette saute de joie.

« Tiens, mets ton bonnet des dimanches. La servante va te conduire. » Qui fut bien contente ? ce fut Fanchette. Il faisait grand jour ; on ne pouvait pas la perdre au vu et au su de tout le monde. On lui fait traverser la ville, et celle qui la conduisait, n'y entendant peut-être pas malice, lui disait en passant devant les portes des maisons où elle connaissait du monde :

« Allons, Fanchette, dis donc adieu à Marguerite ; dis donc adieu à Catherine. » Fanchette, qui de tout était contente, faisait signe de la tête et de la main, ne pouvant mieux dire, et s'en allait toujours à la messe, bien fière d'avoir un bonnet, et ne se tourmentant pas d'aller si loin chercher l'église des Capucins. Cependant les petites filles se disaient, sur le pas des portes, car il y a toujours une providence pour avoir l'œil ouvert sur les mauvaises actions :

« Tiens, Fanchette s'en va donc ? Adieu, Fanchette ; bon voyage ! »

A la sortie de la ville, Thomas Desroys, le conducteur de la patache d'Aubusson, reçut Fanchette, qui monta sans défiance, toujours plus contente d'aller à la messe en voiture. « C'est drôle tout de même, se disait Thomas Desroys, de faire perdre comme ça un enfant. On m'a donné hier cinquante sous pour perdre un chien ; aujourd'hui voilà cent sous pour perdre une fille. Si la moitié de la ville voulait s'arranger avec moi pour faire perdre l'autre, ça ferait assez mes affaires. »

La nuit venue, Thomas Desroys, fidèle à sa consigne, arrête sa patache à Chaussidout, un endroit tout désert, dans la Marche, à deux lieues d'Aubusson. « Fanchette, nous voilà à la messe ; descends vite pour voir passer les prêtres. » Fanchette descend en confiance. Thomas Desroys remonte, fouette ses chevaux, et laisse Fanchette toute seule, au milieu de la nuit, sur un chemin, sans un sou vaillant, avec ses quinze ans, pas de langue pour parler, mais bien avec ses pauvres yeux pour pleurer.

Au bout de quelque temps, le jeune médecin qui avait recueilli la pauvre innocente s'étonne de ne point la voir, et demande ce qu'elle est devenue.

« Elle est par ici, elle est par là ; vous la verrez tantôt, un autre jour. »

Il fallut pourtant bien s'expliquer. Les petites filles de la rue des Capucins se souvenaient d'avoir dit adieu à Fanchette, et ce n'est pas bien aisé d'empêcher les petites filles de causer. La servante n'avait peut-être pas, d'ailleurs, la conscience bien tranquille, ni Thomas Desroys non plus. Tout fut avoué, et les religieuses mêmes, pensant que Fanchette était bien perdue, ne se gênèrent pas trop pour en convenir.

Sur ces entrefaites, notre maire, qui est aussi notre député, comme vous savez, arrive à Paris. Instruit par la clameur publique, il veut interroger et connaître les coupables. Personne ne se soucie de répondre ; car on commence à comprendre que ce n'est pas si joli de perdre un enfant sur un chemin, et que si un pauvre avait fait pareille drôlerie, on pourrait bien parler des galères pour lui apprendre à vivre. Mais le maire insiste, et va aux preuves. Enquête est dressée, d'où il résulte que Thomas Desroys a reçu, de ses supérieurs, ordre de perdre une petite fille ; que lesdits supérieurs, maîtres de poste et entrepreneurs de diligences, ont donné cet ordre, à la requête de la supérieure de l'hospice, laquelle en a reçu le conseil des membres les plus influents du conseil d'administration. Les gens de la poste disent qu'ils ont trouvé la commission désagréable, mais que la supérieure a levé leurs scrupules en leur disant que l'enfant ne serait pas inscrit sur la feuille du départ des voyageurs. La supérieure dit qu'elle n'eût pas pris l'affaire sur elle, si son administrateur ne le lui eût grandement conseillé. Les autres membres du conseil disent que c'est une misère ; qu'il est ridicule de relever une pareille affaire ; que c'est vouloir faire du scandale, chercher à déconsidérer des gens respectables, vu qu'ils sont riches et ont la main longue ; qu'enfin ils sont résolus à s'en taire, dans l'intérêt des mœurs, et pour la plus grande gloire de Dieu. Le conseiller, le père de l'idée, fait celui qu'on outrage et qu'on calomnie. Il menace de faire du train, de déshonorer la mairie. Notre maire, qui n'en a cure, poursuit l'enquête. Il n'y a que Thomas Desroys qui n'y mette pas tant de façons : il a reçu cinquante sous de plus que pour le chien.

D'une main, le maire pousse à la réparation de la justice, et l'on pourrait bien dire, sans trop s'avancer, que c'est la justice de Dieu qui est en cause dans cette affaire-là ; de l'autre main, il fait chercher Fanchette : mais Fanchette a été si bien perdue, que depuis tantôt trois mois on n'en a pas vu de nouvelles. Personne n'en a ouï parler à

Aubusson. On écrit de tous les côtés, pas plus de Fanchette que de poursuites contre l'hospice. Le procureur du roi et le sous-préfet ont reçu la plainte, et ne disent mot. Tous les honnêtes gens de la ville (vous savez, parrain, que les riches et les gens en place portent ce nom-là depuis la révolution) disent qu'il faut cacher ça. Oh ! si vous, ou moi, ou mon voisin Jarvois, ou Marcasse, en eussions fait tant seulement la moitié, il n'y aurait pas assez de gendarmes, assez de geôliers, assez de témoins, assez de jugements, assez de lois, assez de prisons pour nous prendre, nous condamner et nous châtier. Je ne dis pas que ce serait mal fait ; mais peut-être que ce n'est pas bien fait non plus de ménager tant les uns, quand on houssine si bien les autres. Je ne suis pas tracassier, je ne veux de mal à personne ; je sais bien que quand on punirait tous les méchants, on ne rendrait pas l'honneur et la vie à ceux qui les ont perdus par leur fait : mais enfin je me sens la tête un peu échauffée et le cœur plus gros qu'il ne faut pour l'avoir léger, quand j'entends dire qu'on doit cacher les fautes de ceux que rien n'arrête. Puisqu'il n'y a pas de justice pour eux, à la bonne heure ; mais on ne peut pas nous empêcher de blâmer, et, mordienne ! je blâmerai jusqu'à mon dernier jour ceux qui font perdre un enfant comme un chien.

Tant qu'à Fanchette, Dieu en aura-t-il eu plus de pitié que l'hospice ? Il est dit qu'à brebis tondue Dieu ménage le vent. Mais la nuit, dans les brandes, il y a bien des marécages où un enfant qui n'a pas pour deux liards de connaissance peut se noyer. Sans compter qu'il y a encore pire la nuit sur les chemins. Il y a de mauvaises gens qui, en trouvant là une fille de quinze ans toute seule, ne lui demandent ni son extrait de naissance ni ses autres certificats pour la mettre à mal. Vous voyez bien le sort de Fanchette ? Eh bien ! faites-vous une idée de Fanchette devenant mère, et figurez-vous un peu maintenant le sort de l'enfant que Fanchette mettrait au monde ! Non, ça n'est pas bien d'avoir livré Fanchette aux vagabonds du chemin, et aux loups de la brande. Ça n'est pas chrétien, ça n'est pas humain ; c'est peut-être administratif, je n'en sais rien ; mais je ne voudrais pas l'avoir fait, quand même on me donnerait quinze mille livres de rente, et le titre de maire par-dessus le marché. Ma pauvre femme en pleure de honte, et elle m'en veut de n'avoir pas été chercher Fanchette au pré Burat avant qu'on l'ait conduite à l'hospice. Votre commère en lève sa béquille de colère, et dit qu'il faut vous conter ça. L'administrateur de l'hospice qui a donné ce joli conseil avait ici une bonne place du gouvernement. Tout au milieu de cette belle affaire, que le gouvernement ait su ou n'ait pas su son fait, on l'a retiré d'ici pour l'envoyer dans une autre ville, comme receveur particulier des finances, avec de l'avancement, s'il vous plaît, deux ou trois mille livres de profits de plus sur sa charge, à ce qu'on dit.

Et nous, bonnes gens, la morale de la chose est que si nous ne réussissons pas à élever nos enfants, si nous mourons à la peine, si nous en laissons d'infirmes ou en bas âge sur les bras de la charité publique, à la porte des hospices, voilà les appuis qu'ils trouveront dans ce monde; voilà comme les administrations de la prévoyance publique veilleront à leurs besoins; voilà comme les congrégations chrétiennes veilleront sur leurs mœurs. Dieu du ciel et de la terre! cela ne fait-il pas dresser les cheveux sur la tête?

Par ainsi, mon parrain, je prie Dieu de vous avoir en sa sainte et digne garde, ainsi que toute votre famille, et qu'il vous reçoive au ciel droit comme une gaule. Quant à ceux de l'hospice, on peut bien leur promettre, comme dit l'autre, qu'ils iront droit comme une faucille.

BLAISE BONNIN,

Laboureur, adjoint à Montgivret, près la Châtre (Indre).

COMMUNICATION

AU RÉDACTEUR EN CHEF DE LA REVUE INDÉPENDANTE.

Chargé par mon voisin Blaise de faire passer cette lettre à son parrain Claude, et prié par lui d'en corriger les fautes d'orthographe, j'ai pensé, mon cher monsieur, que l'histoire révoltante et douloureuse dont elle contient le récit ingénu ne devait pas rester enfouie dans la correspondance de ces deux campagnards illettrés et, à coup sûr, fort mal placés pour lui donner la publicité qu'elle réclame. Frappé de cette anecdote à peine croyable, j'ai voulu aller aux preuves, et j'ai acquis la certitude qu'elle était si exactement vraie, que je pouvais m'en faire l'éditeur responsable. J'ai reproché à mes amis, témoins quasi oculaires de tous les faits, de n'avoir pas demandé à l'opinion publique la justice que les tribunaux semblaient refuser à ce crime de lèse-charité et de lèse-humanité. Ils m'ont répondu que leur déclaration avait été rédigée et envoyée au *Siècle* et à deux autres journaux qui avaient dédaigné de l'insérer, et au *National*, qui l'avait insérée, tronquée et affaiblie, en présentant, sous la forme du doute, ce qui était affirmatif. Je conçois la répugnance d'un journal à endosser la garantie d'un fait si étrange, si révoltant et si invraisemblable, et je sais que la vie de Paris et les préoccupations de la presse quotidienne ne laissent guère de place aux soins d'un plus ample informé. Je conçois également les répugnances de mes amis de la Châtre à poursuivre d'une si terrible accusation les représentants d'une opinion qui leur est hostile : non que l'égide de la doctrine conservatrice fût pour eux un épouvantail; mais en province on est facilement soupçonné de rancune particulière et de prévention personnelle, sur le terrain dangereux des opinions politiques. Je suis tellement en dehors des partis, les conservateurs et les fonctionnaires de ma province me sont tellement inconnus; je suis si étranger, en un mot, à toute amertume, à toute discussion, à tout ressentiment, que s'il me fallait citer les noms des coupables, je serais forcé de les prendre par écrit; je ne les connais pas, ou je les ai oubliés. Dans cette position, j'ai assumé, sans scrupule, sur moi seul le devoir de révéler de nouveau à l'opinion publique les faits inouïs dont témoigne un procès-verbal d'enquête dressé par le commissaire de police et déposé à la mairie de la ville. Trois mois se sont écoulés, sans que le procureur du roi ait encore voulu donner suite à cette enquête, et le sous-préfet est resté jusqu'à présent impassible devant des faits dont le contrôle cependant lui appartient aussi.

De tous nos magistrats, monsieur Delaveau, maire et député de la Châtre, a seul fait son devoir, mais non entièrement encore ; car lui seul est en position de demander réparation pour la morale publique outragée ; et nous comptons bien qu'il ne se contentera pas des explications des membres du bureau de l'hospice, dont l'avis général a été d'étouffer l'affaire. Ce magistrat honorable et ces citoyens trop timorés reconnaîtront que leurs véritables devoirs ne sont pas le respect des personnes, mais celui des mœurs et de la foi publique. Les membres du bureau de l'hospice, recrutés probablement parmi des personnes réputées intègres et recommandables, auraient de graves reproches à se faire s'ils acceptaient la responsabilité du rapt de Fanchette. Plusieurs de ces citoyens, peut-être tous, sont pères de famille. Quelle serait leur terreur si, frappés de ces désastres qui font tache dans les familles, ils trouvaient dans le public le même dédain pour leurs plaintes, le même mépris pour leurs douleurs, la même tolérance pour les ravisseurs de leurs enfants ! Qu'ils ne se fient point trop sur ce qu'une certaine position de considération et de fortune les met à l'abri de malheurs analogues. Il y a des malheurs comparés qui n'en sont pas moins graves ; Il y a des rapprochements qu'on dirait être des châtiments célestes. D'autres personnes encore sont en cause dans cette aventure. Un soupçon pénible, et peut-être un blâme sévère, pèsent sur les entrepreneurs de diligences. Mais on a peine à croire que, pour commettre un crime, on puisse réunir si aisément et si gratuitement tant de complices. Il faut donc que ces entrepreneurs aient été trompés. On a dû leur faire croire que la malheureuse Fanchette avait l'intelligence nécessaire pour se tirer des dangers auxquels on l'abandonnait ; on a dû invoquer, pour vaincre des répugnances dont l'aveu est consigné dans l'enquête, des ordres supérieurs. Il y a eu dans tout cela je ne sais quelle trame honteuse qu'il appartiendrait aux débats de dévoiler, et que les accusés secondaires auraient intérêt, sans doute, à révéler à la justice.

Quant à moi, je suis assez du caractère de Blaise Bonnin ; comme lui, peu amateur de châtiments matériels, je crois davantage à l'effet des sentences de l'opinion sur de telles matières ; et quoique je haïsse ce rôle d'exécuteur des hautes œuvres morales, quoique je ne le sente fait à ma taille en aucune façon, je l'accepterais sans hésiter, si j'avais mandat pour le faire.

Certain de trouver dans votre *Revue* autant de courage et d'impartialité qu'il m'en faut à moi-même pour remplir ma triste mission, je vous confie la publication de cette courte et trop véridique histoire, tout en vous demandant pardon d'entretenir vos lecteurs, aujourd'hui, d'un roman si peu poétique et si peu agréable.

Je vous en fournirai cependant le dénoûment. Avant-hier, une lettre de la mairie de Riom (Cantal) a donné avis à la mairie de la Châtre de la réapparition de la pauvre Fanchette sur la scène sociale. Elle a été reconnue sur son signalement, et arrêtée au milieu d'une troupe de bateleurs ambulants, dont elle avait l'honneur de faire partie. On la renvoie à l'hospice de la Châtre, *de brigade en brigade*, c'est-à-dire de prison en prison, sur quelle litière et dans quelle compagnie, hélas! N'y a-t-il pas des destinées qui serrent le cœur? et l'auteur ingénieux et généreux des *Mystères de Paris* a-t-il exagéré l'horreur des misères et des humiliations du pauvre et du déshérité? Dans quel état de souillure et d'abjection l'infortunée Fanchette va-t-elle être ramenée chez les sœurs de l'hôpital? Le venin de la prostitution n'est-il pas déjà dans les veines de cette créature innocente dans l'infamie, puisqu'elle est privée de la connaissance du bien et du mal? Dira-t-on que chacun doit se garder soi-même, et que la société n'a point de devoirs à remplir envers ceux qui ne comprennent pas la notion du devoir? Non, personne ne le dira. Il n'est pas une mère, dans ces heureuses classes où l'honneur est si précieusement gardé, et la pudeur si tendrement protégée, qui ne sente son cœur ému de douleur et d'indignation à l'idée des misères de Fanchette. N'y a-t-il pas aussi quelque réflexion à faire, après toutes celles que le dix-huitième siècle et le nôtre ont formulées sur l'immoralité du célibat, à propos de la conduite inhumaine de la supérieure de l'hospice? Pour qu'un tel conseil puisse être accueilli dans le sein d'une femme vouée par vocation, peut-être, et par habitude, sans doute, aux œuvres de charité, il faut l'inspiration secrète d'une perversité maladive ou l'âcreté chagrine d'une de ces aversions de femme à enfant, comme il s'en rencontre surtout chez les vieilles filles.]

Au milieu d'un tel abandon de toutes les protections naturelles, légitimes et sacrées, on est forcé de se réfugier dans l'idée peut-être, hélas! beaucoup trop romanesque, que Fanchette a pu trouver, par hasard, chez les bohémiens, ces parias de la civilisation, l'hospitalité, la charité, le respect que notre société et notre religion officielle lui ont si étrangement déniés. Qui sait si Dieu, qui voile sa face aux pharisiens, n'a pas étendu sa main paternelle sur la paille où elle a dormi pendant trois mois pêle-mêle avec l'immonde famille des Zingari? Funeste société que celle où l'enfant abandonné n'a pas de secours plus explicite, plus immédiat que l'austère et mystérieuse protection du ciel! O Providence! daignez-vous faire des miracles pour ceux que vous frappez d'impuissance dans le berceau, et dont la destinée se traîne sur la boue des chemins? Détournez-vous des traces de la vierge et de l'orpheline l'infâme vieille qui trafique de l'enfance, et qu'on voit errer le soir dans les carrefours à la faveur des ténèbres, guettant l'innocence et la faiblesse pour les corrompre, les violenter, et les livrer tremblantes ou perverties au riche, au père de famille, au magistrat même des petites villes? les petites villes! ces antres de corruption, où l'intimidation assure l'impunité au vice et au crime tout autant qu'à Paris le mystère!

Détournons les yeux de ces spectacles d'iniquité, et prions Dieu pour les faibles, puisque les hommes sont sourds.

George SAND.

LETTRE

De Monsieur le procureur du roi de la Châtre,

AU DIRECTEUR DE LA REVUE INDÉPENDANTE.

La Châtre, le 9 novembre 1843.

Monsieur le directeur,

Vous avez, dans un des derniers numéros de votre journal, inséré un article signé *George Sand*, dans lequel l'auteur s'empare d'un fait déplorable, sans doute, mais qui est loin cependant d'avoir la gravité qu'il lui attribue, pour en faire l'objet de reproches injustes contre plusieurs fonctionnaires de cette ville.

Voici, au surplus, l'événement, si étrangement rapporté par cet écrivain. Il importe tout d'abord de lui restituer son véritable caractère.

Dans le cours du mois de juillet dernier, une jeune fille presque idiote, qui avait été précédemment reçue à l'hospice de la Châtre, auquel elle avait alors cessé d'appartenir, et où elle était cependant revenue, disparut subitement. La sœur supérieure, non en vue de faire perdre cette malheureuse, comme on l'a dit, mais, au contraire, dans l'espoir, en la renvoyant aux lieux d'où elle paraissait être venue, de lui faire retrouver sa famille, l'avait fait transférer, par la voiture publique, aux environs d'Aubusson; et là, elle avait été déposée et recueillie dans une maison voisine.

Après y avoir résidé pendant plusieurs jours, cette jeune fille s'enfuit, et parvint à se soustraire, pendant quelque temps, à toutes les recherches de l'autorité locale.

Tels sont, dans toute leur simplicité, les faits; et les réflexions qu'ils suggèrent à l'auteur de l'article ne sont ni justes ni fondées.

Le procureur du roi de la Châtre, dit-il, en est demeuré témoin impassible. Une pareille assertion est en tous points inexacte.

Les démarches les plus actives ont été, au contraire, faites par le parquet de la Châtre, et pour retrouver la jeune fille, et pour faire punir les coupables (si coupables il y avait).

Une instruction a été provoquée, une enquête a eu lieu ; toutes les investigations de la justice ont été appelées et sur la conduite de la sœur supérieure et sur celle des agents qui auraient pu lui prêter leur concours ; et le tribunal, après avoir donné à cette affaire tous ses soins, a rendu, le 13 septembre dernier, une ordonnance de non-lieu ; preuve manifeste que les faits incriminés n'étaient pas entourés des circonstances odieuses dont on s'est plu à les revêtir. Ils avaient, d'ailleurs, été appréciés de la même manière par monsieur le procureur du roi d'Aubusson, dont l'attention avait été également appelée sur le même objet.

Ce n'est pas tout : aux recherches incessantes du parquet de la Châtre on doit d'avoir retrouvé cette jeune fille ; et c'est par mon ministère qu'elle a été réclamée et réintégrée provisoirement à l'hospice de la Châtre, où elle est encore en ce moment. Elle avait été arrêtée, le 18 août dernier, dans l'arrondissement de Riom, comme se livrant à la mendicité, et placée, peu de temps après, à l'hospice de cette ville.

Telle est l'exacte vérité, appuyée sur pièces justificatives, dont je déclare publiquement me porter garant. Que l'auteur veuille bien maintenant mettre en regard de ce simple exposé l'histoire incroyable dont son article contient le récit, et qu'il dise, j'en appelle à sa conscience, s'il ne s'est pas fait l'éditeur responsable d'un roman.

Je vous prie et vous requiers, au besoin, monsieur le directeur, de vouloir bien insérer cette lettre dans votre plus prochain numéro.

Recevez, monsieur, l'assurance de mes sentiments distingués.

Le procureur du roi de la Châtre,

ROCHOUX.

RÉPONSE

A Monsieur le procureur du roi de la Châtre.

Vous avez tort, et grandement tort, monsieur, de vouloir assumer sur vous en particulier un reproche qui ne pesait sur vous que collectivement, et dont certes vous ne portiez pas la plus grosse part. Mon Dieu, que faites-vous là ? Vous faites un appel à ma conscience, et vous mettez à nu le fond de la vôtre, et vous me forcez d'y plonger un regard sévère, moi qui eusse voulu n'y supposer que des torts, sinon pardonnables, du moins réparables; oubli, nonchalance, légèreté de jeunesse, préoccupation. Au lieu de cela, vous dirai-je ce que je pourrais y voir maintenant si je ne cherchais à vous excuser, et s'il ne me peinait pas profondément de condamner un jeune magistrat et un compatriote?

Mais il est donc écrit au ciel que, dans le temps où nous vivons, toute indulgence est impossible ou coupable? Vous voilà descendu sur une arène où je ne vous vois pas sans chagrin faire vos premières armes pour une si triste cause. Vous provoquez de nouvelles explications devant le public; vous m'appelez en champ clos par un démenti que je ne puis pas accepter; non qu'il m'atteigne, non qu'il me blesse, mais parce que l'on ne peut pas reculer quand on s'est mis sur la trace de la vérité. Il y a eu, de la part des autorités de la Châtre, menace de poursuites contre l'auteur de *Fanchette*. L'auteur de *Fanchette* n'a rien à redouter d'un tribunal qui serait juge et partie. Il sait bien que ces menaces sont d'amicales tentatives d'intimidation qu'on rougirait trop d'exécuter, et qu'en le faisant, on provoquerait des éclaircissements qui donneraient trop d'éclat et de force à la vérité de ses assertions, à la réalité scrupuleuse du *roman* de Fanchette. Ainsi donc, monsieur, je ne regarderai pas votre lettre à *la Revue indépendante* comme un piége tendu à ma bonne foi; un procureur du roi est trop haut placé pour descendre au rôle d'agent provocateur. J'accepterai la discussion, et je vous répondrai comme vous m'interpellez, en toute simplicité.

Vous commencez par avouer que le fait dont je me suis *emparé* est *déplorable* sans doute. Non, je ne me suis pas emparé du fait; c'est le fait qui s'est emparé de moi, et qui m'a bouleversé le cœur et l'esprit; comme le même fait s'empare de vous et vous force à le qualifier tout d'abord de *déplorable.* Je n'ai pas besoin, moi, de faire ici un appel à votre conscience. Je vois bien qu'elle est émue, bourrelée, et que le premier mot qui s'échappe de votre plume proteste naïvement contre tout ce qui va suivre. Je ne doute pas de vous en ceci ; j'aime à vous rendre justice.

Vous prétendez pourtant que j'ai rapporté *étrangement* un événement auquel vous vous faites fort *de restituer son véritable caractère.* Eh bien, je vais reprendre mon récit et le résumer, pour le mettre en regard du vôtre, et vous verrez que votre apologie des coupables est la confirmation même de mon accusation. Il n'y a que la manière d'apprécier le fait qui diffère essentiellement entre vous et moi. Vous ne trouvez rien d'*odieux* dans cette aventure (*déplorable*); moi, j'y vois un crime, un crime pour lequel il faut inventer un nouveau nom, *l'innocenticide.*

J'ai dit qu'une jeune fille idiote... vous dites *presque idiote ;* je dis tout à fait idiote, idiote au point de ne savoir pas parler, bien qu'elle ne soit ni sourde ni muette ; idiote au point de ne pouvoir dire ni qui elle est, ni d'où elle vient, ni ce qu'elle veut. Il ne faut pas être idiote à demi pour être privé de la notion de son être, de l'appréciation de son individualité. Mais passons. Si j'eusse voulu faire un roman, comme vous me le reprochez sans malice, je suppose (vous savez bien que c'est mon métier, et nul ne rougit du sien), j'eusse peint Fanchette moins idiote qu'elle ne l'est en effet. Cela l'eût faite plus intéressante pour mes lecteurs. Voilà une belle héroïne de roman que la pauvre Fanchette, avec sa bouche béante et ses yeux hagards ! Ce serait d'une pauvre invention.

La tout à fait idiote Fanchette, trouvée au pré Burat, comme je l'ai dit, amenée à l'hospice par le docteur Boursault, et acceptée sur un billet d'entrée de ce médecin, enfin placée chez la mère Thomas, par la femme Landat, qui fait profession de caser les enfants trouvés et abandonnés (les *champis,* comme nous disons dans notre bon vieux langage); Fanchette revenant à l'hôpital par suite de son idiotisme qui l'empêchait de comprendre le dégoût qu'elle y inspirait, disparut un beau matin sans être munie de l'*exeat* du médecin attaché à l'hospice (M. Boursault), formalité exigible et dont on sut fort bien se passer.

Voilà ma version. Moins prolixe que moi, car vous avez l'honneur de n'être pas *écrivain* de profession, vous dites simplement que Fanchette, *ayant cessé de faire partie de l'hôpital, et y étant revenue,* DISPARUT SUBITEMENT. Disparaître subitement, ce n'est pas

BIBLIOTHÈQUE ROYALE

2

s’en aller naturellement, ce n’est pas être *transféré* régulièrement dans un nouvel asile, ce n’est pas se retirer en règle, muni de l’*exeat* du médecin, de la sanction des administrateurs et de l’ordre de monsieur le préfet; enfin, disparaître subitement, c’est s’enfuir, se suicider, être enlevé ou assassiné. Si monsieur le procureur du roi, monsieur le sous-préfet ou monsieur le curé venaient à disparaître subitement, il y aurait un peu plus d’émoi dans la ville, et pour cause. Cependant personne ne doit disparaître subitement, sans que, subitement aussi, les autorités locales ne s’enquièrent de l’individu supprimé. Enfin, nul d’entre nous, quelque idiot qu’il puisse être, n’a le droit de disparaître subitement; monsieur le procureur du roi le sait bien.

L’enquête du commissaire de police dit, et je dis avec l’enquête, que Fanchette *disparut* dans les premiers jours de juillet; car l’enquête, datée du 31 juillet, porte par trois fois, pour date de l’événement : *Il y a environ un mois;* vous dites que cela se passa dans *le courant du mois* : nous sommes à peu près d’accord sur les dates. Le tribunal a rendu son ordonnance de non-lieu le 13 septembre. Fanchette a été retrouvée le 18 août ; elle n’a été perdue que pendant six semaines environ. Ce n’est pas assez apparemment pour exposer ses mœurs et ses jours. Le tribunal n’a recherché et absous les délinquants qu’au bout de deux mois et demi ; il n’y a pas mis d’indiscrète précipitation. Nous sommes d’accord, vous dis-je, monsieur le procureur du roi.

Je reprends mon enquête, tirée du *roman* de monsieur le commissaire de police, de la déposition éminemment romanesque de Thomas Desroys, le conducteur de diligence (Blaise Bonnin a écrit patache par vieille habitude), et des réponses de deux femmes, maîtresses de poste, qui ont aussi l’entreprise des diligences de notre endroit. « *L’une de ces dames fut appelée à l’hospice par la sœur supérieure; et s’y étant rendue, la supérieure lui dit que des étrangers, sans doute, avaient abandonné en cette ville une jeune fille, âgée d’environ quatorze ou quinze ans, qui était* PRIVÉE DE SES SENS INTELLECTUELS, *et qu’on en avait doté l’hospice; que, pour s’en décharger elle-même, elle voulait user d’un semblable moyen; que, conséquemment, il fallait la placer dans la voiture qui partait pour Aubusson, avec recommandation au conducteur de s’en* DÉBARRASSER *avant d’arriver à Aubusson, en l’*ABANDONNANT *sur la route; que, pour que personne ne s’aperçût de cela, elle la ferait conduire par une servante sur la route, hors ville, ce qui fut accepté par madame* ***. *Ces deux dames ajoutent que ce ne fut qu’avec une extrême répugnance*

*qu'elles acceptèrent une semblable mission ; mais qu'en vertu
du caractère de la supérieure, elles se rendirent à sa demande
EMPRESSÉE (1).* »

---

(1) *Copie de l'enquête faite à la diligence de monsieur le maire de la
Châtre, par le commissaire de police de cette ville.*

L'an mil huit cent quarante-trois, le trente et un juillet.

Nous, commissaire de police de la ville de la Châtre (Indre), en vertu de la
lettre de monsieur le maire, en date d'hier, qui nous ordonne de procéder à de nouvelles investigations sur les faits et circonstances qui ont précédé, accompagné ou
suivi l'exposition d'une jeune fille étrangère et idiote, qui avait été arrêtée par
nos soins, il y a environ un mois, et qui, par suite, fut placée en l'hospice de cette
ville ; obtempérant à cet ordre, et ayant appris que cette enfant avait disparu et était
partie par la voiture de M. Chauvet, maître de poste, nous nous sommes trans-
porté à son bureau, et y avons trouvé les dames Chauvet et Gazonneau, les-
quelles, sur nos interpellations, nous ont déclaré et affirmé, notamment la dame
Gazonneau, qu'il y avait environ un mois, elle fut appelée à l'hospice de cette ville
par la sœur supérieure ; qu'y étant rendue, cette dernière lui dit que des étrangers, sans doute, avaient abandonné dans cette ville une jeune fille âgée d'environ
quatorze à quinze ans, qui était privée de ses sens intellectuels, et qu'on en avait
doté l'hospice ; que, pour s'en décharger elle-même, elle voulait user d'un semblable moyen ; que, conséquemment, il fallait la placer dans la voiture qui partait
pour Aubusson, avec recommandation au conducteur de *s'en débarrasser avant
d'arriver à Aubusson en l'abandonnant sur la route* ; que, pour que personne
ne s'aperçût de cela, elle la ferait conduire par une servante sur la route, hors
ville ; ce qui fut accepté par madame Gazonneau. Ces deux dames ajoutent que
ce ne fut qu'avec une extrême répugnance qu'elles acceptèrent une semblable
mission, mais qu'en vertu du caractère de la supérieure, elles se rendirent à sa
demande empressée.

Nous avons aussi interrogé le nommé Thomas Desroys, conducteur, attaché à
l'administration de M. Chauvet, maître de poste. Il nous a déclaré qu'au moment
de partir pour Aubusson, il y avait environ un mois, madame Gazonneau lui dit :
« Vous trouverez sur la route, au sortir de la ville, une petite fille qui est idiote,
« conduite par une servante de l'hospice de la Châtre ; elle ne figurera pas sur la
« feuille, c'est une enfant qu'on veut perdre. Ainsi, quand vous serez environ à
« une lieue d'Aubusson, vous la ferez descendre de voiture, et l'abandonnerez sur
« la route. » Qu'en effet, arrivé près d'un village appelé Chaussidout, à une lieue
d'Aubusson, il la fit descendre de voiture, l'abandonna, et suivit ponctuellement
les ordres qui lui avaient été donnés.

La Châtre, les jours, mois et an que dessus.

Le commissaire de police,

Signé BOUYER.

On ne peut pas être plus explicite. Laissons parler Thomas Desroys et la plume *romanesque* de monsieur le commissaire de police. *Il nous a déclaré qu'au moment de partir pour Aubusson, il y avait environ un mois, madame **** (la maîtresse de poste) *lui dit : Vous trouverez sur la route, au sortir de la ville, une petite fille qui est* IDIOTE, *conduite par une servante de l'hospice de la Châtre. Elle ne* FIGURERA PAS SUR LA FEUILLE. C'EST UNE ENFANT QUE L'ON VEUT PERDRE. *Ainsi, quand vous serez environ à une lieue d'Aubusson, vous la ferez descendre de voiture et l'*ABANDONNEREZ *sur la route; qu'en effet, arrivé près d'un endroit appelé Chaussidout, à une lieue d'Aubusson, il la fit descendre de voiture, l'*ABANDONNA, *et suivit* PONCTUELLEMENT *les ordres qui lui avaient été donnés.*

Voilà la première enquête. Chacun sait que les premières dépositions sont les bonnes. On n'a pas eu le temps de se consulter, d'être influencé, de comprendre et de redouter les conséquences du fait. On est frappé comme de la foudre, on dit la vérité sans détour. Et pourquoi Thomas Desroys aurait-il reculé ? Il n'a peut-être pas, lui non plus, un grand développement de ses sens intellectuels. Il a obéi consciencieusement, *ponctuellement* à l'ordre de ses supérieurs. Et pourquoi les dames de l'administration des voitures auraient-elles hésité à rejeter le blâme sur qui de droit ? Elles avaient *extrêmement répugné* à obéir, et le *caractère de la supérieure* avait pu seul les rassurer.

Qu'on y fasse attention, ce n'est plus Blaise Bonnin, ce n'est plus George Sand, c'est le commissaire de police, dont le *roman* officiel marche côte à côte avec celui que monsieur le procureur du roi veut bien nous offrir. Ce dernier roman, plus concis et plus rapide, est certainement le mieux fait des deux. Celui de monsieur le commissaire de police est simple et rude comme le fait; celui de monsieur le procureur du roi est tissu avec plus d'art. Il glisse sur les faits, et développe les intentions. Il entre dans la pensée des personnages, et leur accorde un acquittement de tendance, comme autrefois on faisait des procès de tendance. « *La sœur supérieure,* dit-il, *non en vue de faire perdre cette malheureuse comme on l'a dit* (comme les déposants l'ont dit au commissaire de police, comme la supérieure l'a dit aux déposants, comme le commissaire de police l'a consigné dans l'enquête, comme tout le monde le sait, et comme Blaise Bonnin et George Sand l'ont répété), *mais au contraire dans l'*ESPOIR, *en la renvoyant aux lieux d'où elle paraissait être venue, de lui faire retrouver sa famille, l'avait fait transférer par la voiture publique aux environs d'Au-*

busson, et là, elle avait été déposée et recueillie dans une maison voisine. »

J'aime cette rédaction, elle a certainement plus de goût et de délicatesse que les réponses brutales de Thomas Desroys. Mais le fait reste le même, la rédaction n'y fait rien. La narration de monsieur le procureur du roi résulte sans doute d'une nouvelle enquête provoquée par lui six semaines après celle du commissaire de police, et des réponses de madame la supérieure (si tant est qu'on l'ait interrogée). Ainsi madame la supérieure s'est pleinement justifiée en déclarant qu'elle avait eu l'ESPOIR de rendre Fanchette à sa famille. Mais cette supposition d'une famille à la pauvre idiote était un peu gratuite, puisque Fanchette a disparu de Chaussidout comme elle avait disparu de la Châtre, enlevée, soit par des bohémiens, soit par d'autres religieuses, toujours pour l'aider apparemment à retrouver sa famille. Si l'enquête du tribunal a constaté que Fanchette avait été déposée et recueillie dans une maison voisine, et qu'il y eût en effet une maison voisine du théâtre du crime, c'est un remords de conscience, un bon mouvement de Thomas Desroys ; je l'en remercie de tout mon cœur. On a déjà vu cela dans bien des fables et dans bien des romans. OEdipe, Romulus, Cyrus, Geneviève de Brabant, beaucoup de héros de l'antiquité, beaucoup d'héroïnes des contes de fées, ont été confiés à des écuyers, à des soldats, à des bourreaux chargés de les noyer, de les égorger ou de les perdre, et presque toujours ces honnêtes scélérats, ces meurtriers sensibles, émus de compassion ou saisis de remords, ont abandonné au hasard les victimes condamnées à périr, ou donné à des bergers celles qu'il leur était enjoint de laisser à la merci des flots, des brigands et des bêtes sauvages. On a vu même, dans ces poétiques histoires, les louves et les biches se mettre de la partie, et allaiter les enfants perdus : ce qui ne prouverait autre chose, sinon que les brutes sont moins cruelles que les hommes, et que, pour parler le langage de Blaise Bonnin, les valets ne sont pas si pires que leurs maîtres.

Enfin, je voudrais, pour l'honneur d'un homme du peuple, et pour la satisfaction de nos cœurs, monsieur le procureur du roi, que Thomas Desroys eût manqué à sa consigne, qu'il eût cherché une maison, qu'il en eût trouvé une dans l'endroit désigné (vous vous êtes sans doute rendu sur ces lieux pour voir si, par hasard, ce ne serait pas un bois, ou une lande déserte ?) ; enfin, qu'on eût consenti à y recueillir la pauvre Fanchette : mais les premières dépositions de Thomas Desroys ne font mention ni de cette maison, ni de ces gens hospitaliers. Il faut que le doux Thomas ait eu bien peur d'être grondé pour sa désobéissance, ou

qu'il soit modeste et chrétien au point de ne pas vouloir laisser soup-
çonner ses bonnes actions. Vous lui avez peut-être arraché enfin
cet aveu ; vous avez bien fait. Vous y avez cru ; vous le reconnaissez donc pour un homme sincère et craignant Dieu : donc il n'avait
pas menti dans la première enquête, en déclarant qu'il lui avait été
ordonné d'ABANDONNER, DE FAIRE PERDRE UN ENFANT ? Et sans doute,
il ne s'est pas rétracté sur ce point dans la seconde enquête que vous
avez provoquée, et que nous ne connaissons point, mais que vous pro-
mettez de nous mettre sous les yeux.

Eh bien, monsieur le procureur du roi, c'est là ce que nous vous demandons, pas autre chose ; des explications, une justification de l'impunité garantie jusqu'ici par le tribunal à un fait qui nous a paru à
tous si énorme. Pensez-vous que nous ayons à nous réjouir et à triom-
pher si, malheureusement, l'enquête du commissaire de police est véridique, si les témoins n'ont pas menti dans leur première déposition,
si la clameur publique est fondée, si le maire a été sage de provoquer cette enquête, si notre indignation est juste et nos plaintes rai-
sonnables ? Hélas ! non, nous serons tous tristes, vous, moi, les magistrats, les fonctionnaires, les coupables, les témoins et le public. Tout
le monde sera consterné, humilié de voir l'humanité si perverse, la
religion si avilie, la faiblesse si délaissée, la misère si méprisée; aucun
de nous ne chantera victoire, croyez-le bien. Eh ! vous le savez ! vous
savez bien que nous ne sommes pas des hypocrites ; vous savez bien
que nous n'aimons pas plus que vous le scandale inutile ; vous savez
bien que l'écrivain qui vous répond n'a jamais fait de déclamation contre
les personnes, ni d'opposition, ni de politique en un mot. Pourquoi
voulez-vous en faire à propos d'un fait si étranger à la politique ?
Pourquoi essayez-vous d'atténuer l'horreur d'un crime, vous dont la mission est de poursuivre et de punir le crime, tandis que là nôtre, à nous,
serait de gémir quelquefois sur la rigueur des lois et le sort des
coupables ? Ce rôle, que vous prenez aujourd'hui, n'est pas dans les
devoirs de votre position. Aucune influence supérieure ne peut vous
l'avoir dicté, et vous vous révolteriez contre une pareille influence, si
elle existait.

N'hésitez donc pas à apaiser l'indignation douloureuse qui s'est
emparée de vos concitoyens, et donnez-leur des explications satisfaisantes de l'indulgence du tribunal ; ils les accepteront avec reconnais-
sance, ils seront heureux de n'avoir plus personne à accuser, et moi
tout le premier, je dirai avec joie à mes lecteurs : « Oui, c'était un
roman ; j'avais été trompé. Ne prenez pas *Fanchette* pour une histoire

véritable; grâce à Dieu, il n'en est rien. C'est un mauvais rêve que nous avions fait. »

Mais si telle est votre intention, monsieur le procureur du roi, elle n'est pas réalisée. Les explications que vous avez la bonté de nous apporter ne sont pas satisfaisantes; bien au contraire, nous y voyons l'aveu, la confirmation de ces tristes choses qui nous faisaient frémir. Une supérieure qui, arguant, selon vous, de ce que l'*enfant n'appartient plus à l'hospice*, s'en empare, la fait enlever... *transférer*, si vous voulez, mais bien secrètement, le fait est acquis et vous ne le niez pas; *transférer* où? *aux lieux d'où elle paraissait être venue.* Vous ne le saviez pas; l'enfant ne l'a jamais dit. Elle ne pouvait pas le dire, elle ne peut pas parler; personne ne la connaissait; personne ne la connaît encore : vous n'avez jamais pu découvrir qui elle est. La supérieure a dit textuellement qu'*à son costume, elle avait présumé qu'elle était Marchoise.* Sur cette belle certitude, on l'a donc fait *transférer* sur la grande route, dans un endroit vague, *aux environs d'Aubusson :* non pas dans une maison désignée. Votre rédaction porte : « ET LÀ (sur la grande route, dans l'endroit quelconque), *elle avait été déposée et recueillie dans une maison* VOISINE. » Tout cela est-il logique, régulier, évident, concevable? Non, tout cela n'est ni concevable, ni évident, ni satisfaisant, ni sincère. C'est l'apologie maladroite que vous a présentée une conscience coupable. Je ne comprendrai jamais, et personne ne comprendra plus que moi que le tribunal s'en soit contenté, que vous vous en contentiez vous-même, et personne ne dira avec vous que l'ordonnance de non-lieu, rendue le 13 septembre, est *une preuve manifeste* de l'innocence des coupables. Non, *toutes les investigations de la justice n'ont pas été appelées, et sur la conduite de la supérieure, et sur celle des agents qui* AURAIENT PU *lui prêter leur concours.* Non, cent fois non; car ces agents ne sont pas dignes de foi si leur seconde déposition a détruit la première, et cette première déposition est accablante, elle est sans réplique. Un jury n'y trouverait pas de circonstances atténuantes. Monsieur le procureur du roi d'Aubusson, dont vous invoquez l'opinion, et

> Qu'on ne s'attendait guère
> A voir paraître en cette affaire,

n'a rien à nous dire sur un fait qui n'est pas du ressort de sa juridiction, et dont il n'a pas eu à connaître. Personne ne s'est *plu à revêtir de circonstances odieuses les faits incriminés;* un tel office ne peut plaire à personne. Il m'a rendue malade de chagrin. Je ne suis pas habituée comme vous autres magistrats à peser dans le creux d'une main froide les iniquités de mes semblables. Je n'ai rien inventé ; qui le sait mieux que vous ? vous faites appel à ma conscience ! et moi, j'appelle par trois fois la vôtre ! Conscience, conscience , conscience de monsieur le procureur du roi de la Châtre, réveillez-vous, et soyez ce que Dieu vous a faite !

Mais rapportons-nous-en à votre propre témoignage ; c'est de vos paroles mêmes que nous voulons tirer la preuve du délit, du crime que la loi qualifie du nom d'*exposition*. Vous dites d'abord : Fanchette a été *transférée aux environs d'Aubusson*, ET LÀ , *elle a été déposée et recueillie dans une maison voisine...* Voisine de quoi ? des environs d'Aubusson ? c'est un peu vague. Et puis, *déposer* et *recueillir* sont deux termes fort contradictoires ; on REÇOIT un DÉPÔT, on ne RECUEILLE que ce qui est abandonné, délaissé. D'ailleurs, si c'était un dépôt, un placement régulier, et non pas une exposition clandestine, on n'en eût pas chargé le conducteur d'une voiture publique, mais bien une des personnes qui, comme la mère Landat, sont préposées à cet emploi par l'autorité : ou, du moins, choisissant un homme étranger à cette fonction, on lui eût remis une somme destinée à la pension alimentaire de l'enfant, et non pas seulement le salaire de son aveugle complicité ; on lui eût désigné une de ces maisons spéciales qui servent ordinairement de refuge aux enfants trouvés, et, au besoin, à leurs frères en infortune, les idiots, et non pas la première maison venue, VOISINE DES ENVIRONS d'Aubusson. Enfin, l'on ne pouvait, en aucun cas, se passer pour tout cela de l'autorisation du préfet ; car si la prétendue famille de Fanchette se fût présentée à l'hospice pour la réclamer, on n'eût pas pu rendre Fanchette à ses parents sans cette formalité. Or donc, monsieur le procureur du roi, vous vous êtes pris au piége de vos propres aveux, et si vous permettez que je vous parle latin, moi qui ne le sais pas, à vous qui le savez certainement, je vous dirai : *Habemus confitentem reum.*

Autre preuve accablante contre la sincérité et l'innocence de votre prétendu *dépôt :* c'est que Fanchette a été si peu *recueillie*, qu'en réponse aux renseignements demandés par l'autorité de la Châtre, le maire de Saint-Maixent, d'où dépend la localité de Chaussidout, a déclaré dans une lettre officielle que , *malgré les recherches les plus empressées, il n'avait pu rien découvrir au sujet de cette jeune fille.* On ne l'avait pas vue, on n'avait pas entendu parler d'elle à Chaussidout, *commune de Saint-Maixent, malgré les recherches empressées du maire!!!* Donc elle n'avait été recueillie nulle part, mais bien abandonnée sur le chemin, quoi qu'on en dise. Si on nous mettait en cause comme calomniateur ou romancier (il paraît que c'est tout un), nous demanderions à monsieur le procureur du roi de nous conduire dans cette maison introuvable et invisible dont 'administration charitable de la Châtre fait la succursale de son hospitalité, et nous sommerions monsieur le procureur du roi de recevoir l'attestation des habitants de cette demeure fantastique, entre les mains desquels, selon lui, on aurait déposé Fanchette.

Nous n'avons pas fini. *Après avoir résidé plusieurs jours dans cette maison* supposée, où, quand même nous accepterions l'affirmation de monsieur le procureur du roi, Fanchette n'aurait certes pas eu le droit de réclamer un asile, puisque monsieur le préfet lui en avait assigné un autre; dans *cette maison,* qui n'eût été nullement engagée à se charger d'un enfant perdu; pour qui elle eût dû être une charge impossible à accepter, où certainement personne n'aurait eu ni le temps, ni le moyen, ni le devoir de la garder et de la surveiller; vous dites que *cette jeune fille* PARVINT A SE SOUSTRAIRE *pendant quelque temps à toutes les recherches de l'autorité locale.* C'est faux; on vous a trompé. Fanchette, qui n'a jamais pu parvenir à dire deux mots de suite, n'est certainement pas *parvenue à se soustraire* à quoi que ce soit. Fanchette sait bien, en vérité, ce que c'est que les autorités locales! Elle a bien affaire de s'y *soustraire,* elle qui cherche un asile, comme un chien sans maître, contre le froid et la faim! Il est bien aisé de comprendre ce que cherchait la pauvre vagabonde en quittant son nouveau gîte; elle essayait de retourner à l'hospice. C'était son idée fixe. On ne peut pas lui en supposer d'autre, puisqu'elle ne faisait autre chose tandis qu'elle résidait chez la femme Thomas. Malheureuse qui croyait trouver là secours et protection! Oh! que sa stupide confiance doit enfoncer de poignards dans le cœur de la supérieure, si tant est que cette femme ait un cœur! Mais la honte de la réprobation publique et la crainte du châtiment réveillent parfois une espèce de conscience chez ceux qui n'en avaient point. Puisse-t-elle gémir et pleurer aux pieds du Christ, cette *sœur de la charité!* je le lui souhaite; je ne lui souhaite pas d'autre mal.

Ainsi Fanchette ne pouvait pas, comme un bandit, comme un forçat évadé, se *soustraire aux recherches de l'autorité.* Elle ne connaît point d'autorité, elle ne connaît que la grande route; elle a pu la suivre au hasard, espérant revenir à la Châtre. Elle a rencontré des bohémiens; ils l'ont emmenée, de gré ou de force, qui

peut le savoir? On l'a retrouvée, six semaines après, parmi des bateleurs, à Riom. Vous dites qu'elle se livrait à la mendicité; c'est possible : mais avec qui? Vous ne le dites pas, et pourtant vous devez le
savoir. *Vous le savez.* Cela a paru, à quelques personnes d'ici, une
invention romanesque, une opposition ingénieuse. Elle n'a rien que de
naturel. Il n'y a en France que des bateleurs à qui un enfant puisse
servir à quelque chose; ce sont eux qui se chargent de recueillir ceux
que les hospices repoussent.

C'est par vos *soins,* par votre *ministère, qu'elle a été réintégrée provisoirement à l'hospice de la Châtre.* Je n'en doute pas,
mais, dites donc, par l'ordre et les soins de qui a-t-elle été ramenée, cette enfant, de *brigade en brigade,* comme un malfaiteur et
avec les malfaiteurs, couchant parmi eux peut-être, sur la paille ou sur
le pavé des prisons? On sait bien ce que c'est qu'un pareil voyage, en
pareille compagnie; et si, de stupide, Fanchette n'est pas devenue folle,
si elle n'est pas enceinte comme on le dit (je crois bien que c'est faux),
enfin, si elle est infectée des honteuses plaies de la débauche et de la
prostitution, à qui la faute? Et *il n'y a pas de coupables?* et votre
ordonnance de non-lieu sur ce fait *déplorable* en est *une preuve
manifeste?* Et vous nous dites cela, à nous autres mères de famille?
Et vous avez une sœur, une femme, une mère? Et je suis un romancier? Ah! vous en êtes un autre! si c'est une honte, buvez-la.

Pardonnez-moi! mon cœur saigne de vous dire de pareilles choses;
mais qu'êtes-vous venu faire dans tout ceci? Mon accusation sur votre
incurie de magistrat était-elle aussi grave que celle dont vous vous
chargez si gratuitement, si follement? Les faits que vous avancez con-
firment les miens. La différence, je le répète, est dans la manière dont
vous les appréciez, puisque vous ne leur reconnaissez pas *la gravité
que nous leur attribuons.* Je ne disais pas que vous eussiez un cœur
de pierre, je ne le pensais pas. Je n'aurais jamais osé vous taxer d'in-
sensibilité, de mépris pour l'espèce humaine, de partialité pour les âmes
criminelles, d'aversion pour celles qui haïssent le crime. Et, à vous
entendre, à lire votre lettre, on croirait que vous avez toutes ces glaces
dans l'âme, toute cette perversité dans l'esprit. Vous avez eu trop de
confiance; vous saviez que nous vous connaissions pour un bon et fai-
ble jeune homme, et votre zèle à justifier cet événement *déplorable*
vous a fait oublier que le public auquel vous vous adressez, ce public
rude et sauvage qui juge un homme sur ses paroles, et ne s'inquiète
ni de ses secrets instincts ni de sa vie privée, allait vous condamner

sans appel et crier anathème sur votre apologie. Nous serons forcé de vous défendre, et nous le ferons, tandis que vous nous accuserez de provoquer le scandale et d'incriminer vos intentions.

Vous vous trouvez compromis par nos reproches de lenteur et de patience. Eh bien, il fallait vous en tenir à cette justification : « Nous avons agi, nous avons tâché de retrouver Fanchette. » Il fallait dire que vous aviez, vous personnellement, provoqué une enquête, et que le reste ne vous regardait pas, puisque l'ordonnance de non-lieu n'émanait pas de vous ; et il ne fallait pas vous faire le rédacteur, l'*éditeur responsable* du *roman* invraisemblable intitulé l'*Espoir* de madame la supérieure. Voilà où est l'aventure *incroyable!* C'est la sollicitude de cette femme qui arrache un enfant à la surveillance des autorités, aux soins du médecin, à une retraite assignée par le préfet, à un asile assuré, à un secours du gouvernement, le tout par bonté d'âme, et qui la fait perdre *du côté* où elle *présume*, où elle *espère* qu'elle *doit* avoir une famille, et qu'elle *pourra* la retrouver. Comme c'est ingénieux! quelle charité éclairée! quelles candides intentions! Grâce à Dieu, je suis femme et ne comprends rien aux lois que les hommes ont inventées ; mais j'ai ouï dire qu'il y avait des châtiments pour ceux qui causaient la mort par imprudence. Il n'y en a donc pas pour ceux qui risquent la vie, l'honneur et la santé d'autrui par *imprudence?* Mettons que ce ne soit pas autre chose ; en tout cas, l'imprudence est grande, et si la supérieure ne doit pas être punie, ce qu'à Dieu ne plaise, je n'aime pas le système des châtiments, au moins aurait-elle mérité quelque sévère réprimande ; au moins ne mérite-elle pas qu'un magistrat prenne son parti, et nous la déclare innocente et persécutée, bien intentionnée et pure de tout reproche ; au moins avons-nous le droit de nous étonner, de blâmer, et de nous remontrer les uns aux autres l'horreur et le scandale d'une imprudence de ce genre. Eh quoi ! vous cachez, vous étouffez l'affaire ; libre à vous! mais encore vous vous fâchez quand nous la découvrons, et vous voulez nous interdire d'en parler ? Sommes-nous en France ou en Russie?

Vous m'en voulez pour avoir dit, monsieur le procureur du roi, que vous étiez demeuré *témoin impassible*. Eh bien, si vous ne l'avez pas été, tant mieux. Je vous crois de toute mon âme. Pourquoi voulez-vous donc maintenant vous poser en apologiste passionné des intentions les plus coupables? C'est bien pis.

Vous avez fait tous vos efforts pour retrouver Fanchette : je le crois bien ! Les autres fonctionnaires ont agi aussi avec activité, avec effroi du scandale qui allait retomber sur l'administration de l'hospice, et sur le clergé? Je le crois encore! Mais l'enfant retrouvée telle quelle, on s'est calmé bien vite. Le sous-préfet a été vivement affecté, m'a-t-on dit, du sort de Fanchette ; je ne doute pas de la bonté de son cœur. Mais les hommes les plus probes et les meilleurs sont-ils donc obligés par état, dès qu'ils sont revêtus de fonctions publiques, à une prudence ombrageuse? Est-ce l'esprit du gouvernement qui leur impose ces ménagements pour certaines personnes, cette irritation contre d'autres? On le dit; moi, je ne veux pas le croire. Cependant une modeste souscription s'est ouverte à la Châtre pour faire imprimer et vendre au profit de Fanchette le *roman* qui porte son nom. C'était une bonne œuvre. Le prétendu roman avait eu du succès dans la localité. L'imprimeur n'y courait aucun risque ; c'était la reproduction d'un ouvrage déjà publié, et non incriminé par le gouvernement. Le prix était convenu, le nombre d'exemplaires fixé. Mais après avoir été faire sa déclaration à la sous-préfecture, l'imprimeur est revenu tout effrayé, et bien décidé à ne pas nous prêter le secours de son industrie. Monsieur le procureur du roi, demandez donc de ma part à monsieur le sous-préfet pourquoi il a fait intimider de la sorte ce brave homme d'imprimeur? Que lui importait un peu plus ou un peu moins de publicité au *roman* de Fanchette? S'il eût réclamé contre la petite part de blâme que je lui faisais, j'eusse eu grand plaisir à me démentir et à réparer mon injustice. Mais comment croirons-nous à sa sincérité, comment jugerai-je ses intentions, à présent que je le vois armé des foudres de l'intimidation, on dit même d'une menace de poursuite contre moi? Au moins on devrait bien me donner le temps de me retourner et de vendre mon *roman* au profit de l'idiote, puisqu'on a bien donné à ceux qui l'ont *exposée* et *perdue* neuf ou dix semaines de répit avant d'instruire sur leur conduite (1).

Vous allez voir qu'on n'a pas procédé envers eux avec autant de hâte et de méfiance. C'est un autre petit récit dont je me fais encore l'*éditeur responsable.*

M. Delaveau, maire de la Châtre et député de l'Indre, à son retour de la dernière session, trouva dans les bureaux de la mairie une lettre de monsieur le sous-préfet, qui était arrivée en son absence un mois ou six

---

(1) L'impression de *Fanchette* a été tentée à Bourges et y a échoué pour les mêmes causes. De trois imprimeurs, l'un a le monopole des imprimés de la préfecture, l'autre celui des annonces judiciaires, le troisième est imprimeur du clergé. A Châteauroux, certitude des mêmes obstacles : partout, en province, même position des imprimeurs, même dépendance du pouvoir, même âpreté du pouvoir *à paralyser la presse.*

semaines auparavant, laquelle lettre était relative au fait de la disparition de Fanchette et en demandait l'explication. Comme président du bureau d'administration de l'hospice, M. Delaveau rassembla le conseil de cette administration, et exhorta ses collègues à s'occuper de la lettre de monsieur le sous-préfet. Il lui fut répondu que l'on n'avait pas répondu, mais que, comme ladite lettre n'avait pas été suivie de ce qu'on appelle une lettre de rappel, c'est-à-dire d'une preuve de l'insistance de ce fonctionnaire pour avoir raison du fait, il n'y avait plus lieu de s'en occuper. Apparemment, disait-on, le sous-préfet est aujourd'hui fixé sur le sort de Fanchette. M. Delaveau s'étonna, s'indigna de cette inaction. Il ne devait pas s'en étonner. Un membre de ce bureau, zélé pour le gouvernement, et influent dans les affaires de l'hospice, avait lui-même donné à la supérieure le conseil, on dit même l'*ordre* de faire perdre l'enfant, et la plupart des autres membres n'étaient pas apparemment très-révoltés de cet acte, puisqu'ils se joignaient à lui pour en étouffer la publicité. M. Delaveau ne se laissa point convaincre par l'opinion du conseil, ni décourager par la cynique indifférence de certaines personnes.

Il déclara que, puisqu'on paralysait son action comme président du bureau d'administration de l'hospice, il se réservait d'agir comme maire, et de diriger des poursuites contre les coupables. C'est alors que M. Delaveau provoqua l'enquête suivie par le commissaire de police, et que j'ai citée plus haut. Elle est courte, elle est incomplète, puisque la supérieure et son conseiller n'y figurent point en personne. Cependant elle suffit pour établir le fait nettement, et copie en fut envoyée par le maire de la Châtre au procureur du roi et au sous-préfet. Le même jour, 31 juillet, arriva enfin la lettre de rappel du sous-préfet.

De tout cela il résulte que le premier mouvement, en l'absence de M. Delaveau, est venu de monsieur le sous-préfet, et qu'après les démarches de M. Delaveau, les autres démarches de monsieur le sous-préfet ne se sont pas fait attendre. Cependant on peut douter que la lettre de rappel eût été envoyée si l'enquête n'eût pas été déjà faite. Il n'y a pas certainement dans tout cela de quoi couronner ni pendre monsieur le sous-préfet ; mais tout l'honneur de l'activité, du courage et de la persévérance revient à M. Delaveau, comme maire, à M. Boursault, comme médecin de l'hospice, et l'action du tribunal, qui a été la plus tardive, est venue tout remettre à néant. Vous dites, monsieur le procureur du roi, que c'est précisément *une preuve manifeste* du néant de l'affaire ; pour nous, jusqu'à présent, c'est une preuve manifeste de l'intérêt qu'on avait effectivement à l'étouffer. Il est possible que nous nous trompions ; éclairez-nous, daignez fournir vos preuves, nous ne demandons pas mieux que de nous y rendre, si elles sont bonnes. Moi, je vous répète que je suis prête à vous demander pardon de mon irrévérence, et à la rétracter publiquement, mais que votre lettre me force à persévérer plus que jamais dans mes accusations ; que votre enquête elle-même est frappée à mes yeux d'une complète nullité morale, et n'atténue en rien la gravité de celle du commissaire de police. Et si vous voulez que je vous dise pourquoi, c'est que les personnes qui pouvaient le mieux éclairer votre religion n'y ont pas figuré. Ainsi, vous n'avez entendu ni M. Delaveau, maire de la ville, ni ses adjoints qui présidaient le conseil en son absence, ni M. Boursault, médecin de l'hospice, qui, par ses fonctions, était chargé de donner l'*exeat*, pièce indispensable pour autoriser le déplacement de Fanchette. Si monsieur le maire de la Châtre eût été appelé, il eût pu produire la lettre du maire de Saint-Maixent qui détruit sans réplique votre illusion de cette fameuse maison de refuge, *voisine des environs d'Aubusson,* sur laquelle repose toute la justification de l'événement déplorable. Si M. Boursault eût été entendu, il aurait également détruit votre illusion charitable sur le *presque idiotisme* de la victime. Enfin vous eussiez dû appeler la femme *Cruchon,* qui demeure sur la route de Guéret, et chez laquelle Pélagie, la servante de l'hospice, a stationné avec Fanchette en attendant le passage de Desroys, au moment choisi pour l'enlèvement. Quant à Desroys, nous ne pouvons pas savoir ce qu'il a pu vous dire dans votre instruction à huis clos, pour détruire et atténuer ses premières révélations ; mais nous savons bien ce qu'il disait *hier* encore, et cela a bien le caractère d'une vérité naïve. Il avait *abandonné* l'enfant sur la grande route, au milieu de la nuit ; et il en avait eu tout d'un coup *le cœur gros* sans trop savoir comment. Il avait lancé ses chevaux à toute bride à la descente, pour fuir Fanchette et le remords ; mais soudain il les avait arrêtés, arrêté lui-même comme par la main de Dieu, pour regarder si, en courant après lui, elle ne s'exposait pas à *prendre du mal.* Il ne l'avait pas vue, et, ne pouvant se débarrasser de son souvenir, pendant cinq à six jours il allait demandant sur son passage à toutes les laitières qu'il rencontrait : *N'avez-vous pas trouvé par là un enfant?*

Je n'ai qu'une erreur à rectifier dans la lettre de Blaise Bonnin, c'est que la ville de Riom soit située dans le département du Cantal ; il paraît qu'elle est située dans celui du Puy-de-Dôme. C'est une faute de géographie dont je ne me suis point aperçue en transcrivant la lettre de mon ami Blaise, par la raison que je ne possède pas cette science mieux que lui. Mais les paysans et les femmes, assez doctes peut-être dans les questions de sentiment, ne sont tenus à rien de mieux.

Agréez, monsieur le procureur du roi, l'expression de mes sentiments distingués.

GEORGE SAND.

Nohant, près la Châtre (Indre).

Copie de la lettre adressée à GEORGE SAND *par* M. DELAVEAU, *maire de la Châtre, et député de l'Indre.*

La Châtre, 16 novembre 1843.

« Madame,

« Je reçois à l'instant communication de votre réponse à monsieur le procureur du roi près le tribunal de cette ville, et l'invitation que vous m'adressez d'attester l'exactitude des faits consignés dans votre récit sur Fanchette.

« Comme magistrat, je devais compte de ces faits tant au sous-préfet qu'au procureur du roi de cet arrondissement, et ce devoir rempli, j'aurais désiré demeurer étranger à ces débats ; mais puisque vous invoquez mon témoignage, je crois de mon devoir de rendre hommage à la vérité. Ainsi, je déclare que les faits que vous précisez dans votre réponse à monsieur le procureur du roi sont, en ce qui me concerne, d'une exactitude complète. Quant aux passages de l'enquête faite sur ma réquisition, par monsieur le commissaire de police, ils sont identiques avec les termes de son procès-verbal.

« Veuillez agréer, madame, l'assurance de mes sentiments les plus respectueux.

« *Signé* DELAVEAU. »

Copie de la lettre adressée à GEORGE SAND *par* M. BOURSAULT, *médecin de l'hospice de la Châtre.*

« Madame,

« Vous m'envoyez votre réponse à la lettre de monsieur le procureur du roi ; après en avoir pris lecture, je certifie qu'en ce qui me concerne, tout est d'une parfaite exactitude.

« Recevez, madame, mes salutations empressées.

« *Signé* BOURSAULT, D. M. P. »

Paris. — Imprimerie Schneider et Langrand, rue d'Erfurth, 1.

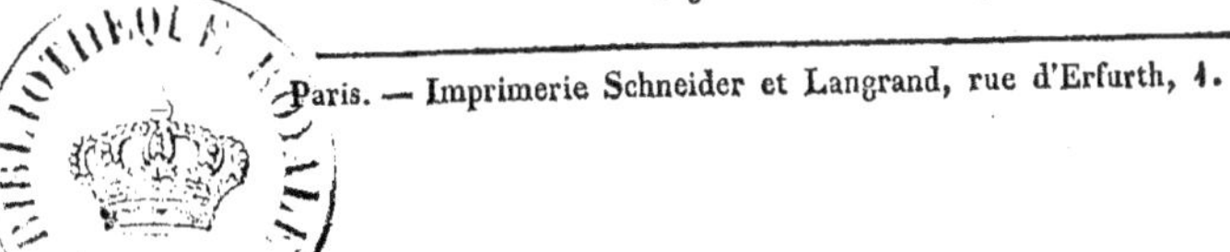

www.ingramcontent.com/pod-product-compliance
Lightning Source LLC
La Vergne TN
LVHW021657170726
843501LV00007B/2628